松竹梅

母へのラブレター

松宮 竹
Take Matsumiya

文芸社

松竹梅

母へのラブレター

目次

序

はらはらと散る桜の花びらを新聞に受けながら、静かな朝のひと時を庭のテラスで過ごす竹子の脳裏に蘇る過去の思い。まさか、この家でこのような安らかな老後を過ごすことになろうとは。しかも七十余年の生涯の中で、こんなにも平和で、気の休まることがあったであろうか……。

結婚のためこの地と別れて、五十年間を過ごした田園調布の家から、この家に再び戻ったのは、三年前のこと。十数年前に母カツノを、その数年後に夫範夫を、そのまた数年後に姉の松子、昨年にはその夫進を送ってこの方、竹子は身の回りで展開された現象に翻弄《ほんろう》されて、苦悩困憊《くのうこんぱい》の連続であった。

一「命を狙われている」

「『竹子を呼んで！』って母さんがきかないのよ！　ご飯に毒が入っているとか何とかさ。もォ……」

松子からの悲鳴に近い電話が入ったのは、床に入ろうとしていた夜十一時を少し過ぎたところであった。

何のことやら見当がつかないまま、

「とにかく明日行くから」

ということにして受話器を置いた。

二歳年上の姉松子は立川に家を建て、夫進、長男の雅彦と住んでいたが、竹子は、姉の家を訪ねたことがなかった。

翌朝、早々に片づけを済ませ、地図で松子の家への道筋を調べ、車で出かけようと

した。とそのとき、けたたましく電話のベルが鳴った。聴きなれない女の人の声で、

「昨夜、救急車で松川カツノさんが入院されました。そちらは、娘さんの竹子さんですね？　すぐご来院いただきたいのですが」

患者は元気ではあるけれどと、立川の病院からである。その病院の所在等をつぶさに聞き出し、再び地図と格闘。尋ね尋ねて辿り着いた病院は、畑の中の新しい建物であった。

「一応、昨夜救急でお受け入れをしましたが、あなたの到着を待って、専門の病院へ移っていただくことにしました」

案内された病室には、妹の梅子も駆けつけていた。カツノは、おびえたようにベッドの上に座っていたが、竹子の顔を見るなり、

「そこにある松子のハンドバッグの中にピストルが入っているから、早く窓の外へ投げ捨てておくれ！」

と叫ぶ。そこへ焦心し切った松子が入ってきた。ろくに口も利かず、

「遅いじゃないの！」と一言。

カツノや、松子たちの乗ったタクシーの後に従って、細い山道のような道をくねくねと車を進めて着いた先は、一見、陸軍病院を思わせるような古い建物であった。竹子は、駐車場に車を停めて、その病院の玄関に入ってゆくと、先にタクシーで到着していたカツノ、松子、梅子らは、玄関ロビーにいた。

「変なのがやって来たよ」

松子はカツノに耳打ちした。近づく竹子に、カツノはおびえた表情で尋ねた。

「あんた、誰だい？」

「竹子さんですよ」

竹子は、にこやかに答えた。カツノの表情が和らいだ。

診察の間、竹子はカツノの後ろに付き添った。

「命を狙われているのです」

「ここでは、そんな心配は要りませんよ」

医師とカツノのやり取りを聞いて、竹子はおおよそ、その状態を把握した。

カツノはオーストリッチのバッグをしっかりと抱え込んでいた。

これが、長い壮絶な骨肉の争いの火蓋を切ったことになったなど、目先のめまぐるしい変化に翻弄されていた竹子には、知る由もなかった。

二経営に真剣な正義

八十になろうとしていたカツノは、二十年前にこの世を去った夫正義の遺産のほとんどを引き継いでいた。正義の経営した松川産業は、戦前戦中の軍需産業から戦後はエクステリア等の生産に切り替え、「借金をしない。和を以て尊しとす」を社是とする経営方針と、時代の波に乗って、独占企業となり順調な経営実績を上げていた。

松子とその夫進は、正義の存命中から、この松川産業の全権と松川家の全財産は、長女である自分が全てを引き継ぐべきだと、なりふり構わず主張し続けていた。

「松子の強欲は進の影響だよ」
カツノは進の所為《せい》にしていたが、カツノ自身も相当なものであった。

✲

カツノの夫正義は、九州宮崎の農家の三男で、その先祖は堺で明国と交易を行なうなど手広く商売を営んでいた油問屋で、参勤交代の行列について全国を旅していたが、そのうち伊東藩の行列について、宮崎を訪れた際、すっかりこの地が気に入り、また「あぶらな」の栽培に適していることを突き止め、この地に分家したのだった。元官幣大社の鵜戸《うど》神宮には、正義の先祖油屋吉兵右衛一族が献納した鳥居があり、その台座の石に、その一族の氏名が刻されている。

正義の父末吉の代になって、宮崎特産の棕櫚《しゅろ》に関心を持ち、その栽培に力を注いだ。ナイロンやビニロンの無い時代に漁業や農業の必需品として、大いに商売の枠を広げた。馬の背に大量の棕櫚を載せ、都城や油津等に販路を広げ、巨万の富を築いた。山の中に作男たちの住居が点在し、厩があり、牧場には豚や鶏などが放し飼いされて一集落を形成していた。

奥座敷からは、遠く日向灘を眺めることができ、そのご来光がすばらしかったという。

正義は海軍機関学校時代、堺の先祖の墓参りがしたいと、大阪を訪ねたことがあったが、探し出すことができず、それを大変気にしていた。

その後、宮崎日日新聞社の調査の結果、参議院議員の平泉渉氏の母方の先祖であることが判明した。それ以上の具体的なことは個人でということになり、正義はその調査を竹子に依頼した。

当時、平泉氏は科学技術庁の長官であったが、土砂崩れ実験で死者が出るという事故が発生、先祖の墓のことなど到底伺える状態ではなかった。そのうちにと思っている間に、正義は他界してしまった。

竹子は、正義の死後も、この依頼を全うできなかったことが、悔やまれて仕方がなかった。

そこである日、平泉氏の参院議員会館の事務所に電話をし、先祖の墓の場所を尋ねた。すると後日、秘書より大阪市天王寺区の西往寺に、お墓があることが伝えられた。時間を作って、竹子は大阪へ赴《おもむ》いた。法事中にも拘らず、ご住職夫妻は丁寧に応対された。

「昔は大きな墓所であったのですが、道路の拡張計画に掛かり、皆一様に小さく整理されました」との話をしてくださった。

「油屋」と刻まれ黄色味がかった、如何にも時代を感じさせられる角が丸く磨かれた大きな墓石の前に佇んだ時、竹子は何故か白い海軍の軍服を着た父正義が、後ろに佇んでいるような錯覚に陥った。

＊

小学高等科まで生地で過ごした正義は海軍に憧れ、呉の海軍機関学校に進む。しかし、油津での赴任中に正義が機関長として務めていた軍の船が、機関室に浸水するという事故を起こしてしまった。正義はその末端の責任を取って海軍を辞めざるを得なくなった。

その後、生活再建のため上京し、事業を起こす。

前職と時代の要請を受け、海軍工廠関係の軍需会社を設立。以後、順調に事業の経営を行なってきた。

戦時中は、深川の芸者衆が大勢徴用されて正義の工場で働いていた。

戦後は、プレハブやエクステリア製造に転換していたが、正義個人の社会的な信用とこの種の大手企業として、会社は順調な発展を続けた。

海軍在籍中に同郷のカツノと結婚、赴任地の長崎で松子が生まれた。その後、油津勤務中に事故に遭う。妊娠中のカツノと松子を油津に残し、単身上京して生活の再建のための準備に取り掛かった。竹子は、そのような転換期に仮住まいの東京目黒で生まれた。

正義は、幼いときから数学の才能に恵まれていた。山奥の家から提灯をかざして四里の道を、八年間無遅刻無欠席で、嬉々として学校に通った。これを三人の娘たちへの教育の諭《さと》しとして、事に付け自慢しては叱咤激励の材にしていた。

小学高等科を出て、海軍機関学校に進んだ正義であったが、中学校出の同級生らとの学力の差は歴然であった。正義は、寄宿舎の消灯後に、明かりが唯一灯っている便所へ本とノートを持って行き、予習をした。

遂に、衛兵の咎《とが》めるところとなり、持ち物を没収され「沙汰を待て」と言うことになった。ベッドに戻ったものの彼の心臓は張り裂けんばかり。「営倉に入れられて、故郷に送り返される！」。若い正義は、一睡もできず、生きた心地がしなかった。

翌朝、司令官の前に呼び出され訳を聞かれた正義は、「自分は、小学校の高等科しか出ておりません。中学出の学力には付いていけませんので、勉強をしておりました」と答えた。すると司令官は、

「がんばれよ」と。そして、

「判らないところは、遠慮なく教官に尋ねるように」

と、シャープペンシルを彼に贈った。

その後の彼は、上官の信頼を集めていた。海軍を辞めて上京後も上官の加護を受け、

上官であった男爵の別邸を譲り受け、目黒の地へ移築したのだった。その家は、外観はもちろん、内部仕様や器機類の細部にいたるまで高級でハイカラで、若い正義には、到底建てることのできない家であった。

正義は、その家の近くの竹藪二百坪ほどを借り受け、それを開墾して工場を建てた。戦時中はあらゆる産業界が軍需路線の総決起会社として、逞しく操業を続けていたが、正義の会社も海軍工廠に納める兵器製造に邁進した。深川の芸者衆を徴用工として多数受け入れ、日夜フル回転の忙しさであった。

敗戦のショックも覚めやらぬうちから、正義たち経営者は、今後の国の復活再建のために苦悩の日々が続いた。ソニーの井深大氏、ホンダの本田宗一郎氏、宮崎交通の岩切章太郎氏らは、戦後の混乱期を励まし合った当時の経営者仲間であった。

ＧＨＱは、これら経営者を対象として、アメリカの新進経済学者を講師に呼んで、指標に基づいた最新経営学セミナーを開いた。正義もこれに参加し、熱心に受講した。

先日、ＮＨＫのＴＶ番組で当時のこのことが取り上げられた。教育を担当したという学者は九十に近い歳に見えたが、「日本の経営者たちは、礼儀正しく、大変熱心で優秀であった」と、その当時を回顧していた。当時の授業風景も放映されたが受講者たちは、一様に坊主頭で開襟シャツに国民服姿であったが、背筋を伸ばし真っ直ぐ前方の若い教官と黒板に注目していた。

もともと数学に強い正義は、これらの知識を即、松川産業の経営手法に取り入れた。利益率、固定率、流動比率、自己資本比率など、今日では、パソコンで簡単に出来るグラフも、当時はミリ単位のグラフ用紙に手書きである。計算も細かい目盛の計算尺を使いながら、日々の実際の数字を当てはめて計算し、表やグラフ化を試みていた。「うちの会社は、三越よりも優秀なんだぞ」と自慢していた。当時の三越は、日本を代表する企業で、規模こそ違え〝借金をしない〟がモットーの松川産業は、模範的な企業として世間の信頼を集めていた。自分の後継者は、このような新しい科学的手法を駆使して堅実な経営をしてもらいたいと、後継の人物像を描いていた。男の子を持たない正義は、『竹子が男だったらなァ』とこぼすこと一入《ひとしお》だった。

三継子《ままこ》ではなかろうか

士族の出とはいえ、田舎育ちのカツノにとって、東京の生活は、相当なストレスであった。その不安解消策は、末娘梅子に懸り切ることであった。まるで猿の親子のように常にカツノと梅子はくっついて離れなかった。

梅子は、小学校に進んだ後も、学校から帰るとカツノに飛びついて、乳房をまさぐって離れなかった。それは梅子が学童疎開で、親元を離れざるを得なくなった小学四年のときまで続いた。

竹子は、母カツノに甘えた記憶がない。一度だけ梅子のマネをして甘えたことがあったが、「うるさい子だね」と、素っ気なく追い払われたことを、どうしたことか七十歳を過ぎた今でも鮮明に覚えている。カツノにとって竹子は、人生の一大転換期の超多忙期に生まれた、余計な存在だったのかもしれない。

二歳に満たない幼い松子を伴い、臨月の大きなお腹を抱えて、はるばる九州の地から見知らぬ大都会へ移って間もなくの、厳寒の二月の出産は、南国宮崎育ちのカツノにとって、思いもよらない厳しい試練であった。凍りつく外井戸でのオムツの洗濯。滑って転んだこともあった。干すそばから洗濯物はバリバリに凍りつく。指先は千切れそうな冷たさである。オムツの洗濯は、一日もサボる訳に行かない。若いカツノは辛くて泣きたいような毎日だった。この子さえ居なければ……。

竹子は幼いときから、一人で、蟻や虫と会話をしたり、石を収集したり、絵を描いたりする子であった。小学生時代は、家の中で遊ぶことはほとんどなく、近所の男の子たちと外で遊び廻っていた。自分は、継子《ままこ》ではなかろうか。竹子は真剣に思うのだった。

竹子は、相当大きくなるまでオネショが直らなかった。カツノは大声でののしりながら見せしめだと言って、その布団を人目につくところに干して嘆くのだった。そして二言目には「小便垂れ」と揶揄《やゆ》する。それを松子や梅子も面白がって真似をした。

カツノには竹子を「いやな子」だとしておかなければならない理由が、他にもあった。

東京に留学中の若者に時々二階の空き部屋を使わせていたが、学徒出陣までの半年の間逗留していたW大の学生Jとの秘め事が、竹子に知られてしまったという妄想があった。小学五年生の竹子には、何のことやら訳が分からない出来事であった。しかし、正義の法名の中にどうしたことかJの文字が、またカツノの法名の中にも、音読で同じくJの一字が入っていることが不思議であった。

✻

事業を経営している正義は、男の子がいないことを嘆いていた。「竹子が男だったらなぁ」が口癖で、カツノや他の姉妹と間を置いている竹子を、何かにつけて気遣っていた。

「玉虫を捕まえたぞぉ」「食用蛙のオタマジャクシだ」「蚕だ」「ハーモニカだ」「レンズだ」「マンドリンだ」「綿の種だ」「麻の種だ」と竹子の課題は次から次へと続くの

だった。真っ白な漆喰の応接間の壁一面に蚕が卵を産みつけて、大騒ぎになったこと、描いた絵を展覧会だと称して壁に糊でぺたぺたと貼り付けてしまったり、大切に集めていた石を捨てられてしまったことなど、騒動の種も多かった。

正義は、仕事柄、度々横須賀の海軍工廠へ出向かなければならなかったが、今日と違い交通事情は困難であった。

正義は夏休みには、その長い道のりのお供に竹子を伴い、仕事の間、近くの海の家に竹子を預けて、帰りに迎えに来るという形をとっていた。その間、竹子は一人で海に入ったり、砂浜で蟹や貝殻で遊んだりして過ごした。

大東亜会議が東条内閣の下で開かれたときには、竹子を伴って会場へ見学に訪れた。「子供の向学のため」と理由付けをしていたが、何よりも自分自身の関心が大きかったのだ。日本橋の「丸善」に専門の本を探しに行くにも竹子を伴った。男の子がいない正義にとって竹子の存在は、男の子に代わるものだった。

終戦後の銀座は、占領軍のＧＩたちが闊歩していた。どこの駅前にもそのＧＩたちを相手に商売をする、一見してそれと分かる女たちが、派手な衣装に厚化粧をしてたむろしていた。当時のほとんどの日本人は、地味で粗末な服装で、戦時中の軍服や国民服、作務衣、校服や制服等を着ていたので、彼女らの派手な衣装や厚化粧は特別に目立つ存在だった。

正義は、「もしもアメリカ兵に、声を掛けられたら『アイ・アム・ア・レディー』と言うんだよ。彼らは、女尊男卑の社会だから、見下した女には気楽に声を掛けるが、堅気のちゃんとしたレディーには先に声を掛けないから」と。

英国流海軍仕込みの正義は、服装にも気を配った。三人の娘たちには、一人ひとり採寸をして靴をオーダーした。物のない終戦後に、竹子の靴が盗まれたことがあったが、もちろん、すぐに新しくオーダーをした。服をブラッシングせよ、靴は常にピカピカに、とうるさかった。さらには正義はお風呂の残り湯で家中の物を洗濯してしまう。時間があると玄関に家中の人の靴を並べて、靴磨きをした。

「汚れを丁寧に落としてから、クリームは少量を手早くのばす。その後、よーくブラッシングする」と娘たちに教えるのだけれど、彼女たちは、

「洗濯と靴磨きは父様の趣味なんだよね」

と首をちぢめるのだった。

姿勢にもうるさかった。「左右の肩甲骨と肩甲骨をくっ付けるくらい、背筋を伸ばして胸を張れ」が正義の口癖だった。〝お侍さん〟と竹子は、毎朝登校のときにすれ違う中学生たちにあだ名をつけられた。知らず知らずのうちに竹子は、正義仕込みの人間として育っていった。いつごろからか正義の背広のブラッシングを竹子がするようになっていたが、ある時、そのポケットの中に百円札が入っていたことがあった。正義に言うと、「そうか」と言ったきり受け取ろうとしなかった。竹子はその頃、藤原歌劇団の帝劇での公演に行きたくて、始終お小遣いのことでカツノと揉《も》めていた。

家の中ではカツノ、松子、梅子との雰囲気になじまない竹子は、多くを外部に求めた。

松川産業に行っては、女工さんたちの作業を、傍にしゃがみ込んで見学するのが日課になった。

女工さんたちのほとんどは芸者さんたちであったが、一様に姉《あね》さん被りにモンペ姿で、七輪のコークスの火にくべられた鏝《こて》が真っ赤に熱せられた先を、塩酸液にシュッワっと浸けた後、鉛の塊に押し付けて溶かし、それを枠に固定した円錐形に、これも分厚い鉄板を翼の形にプレスアウトした鉄片三枚をハンダ付けしていた。作業の能率向上のためか、作業場には流行歌などが流れていた。竹子はいつの間にか、その歌を覚えてしまい、中でも灰田勝彦の軽快な歌に惚れ込んで「オトコジュンジョオノ～」などと家に帰ってからも得意気に歌うので、遂に工場の出入りを禁止されてしまった。

そこで今度は、近所の男の子たちと少し離れた久我山の神田川で遊んだり、麦畑でトンボ捕りに興じたり、凧揚げや独楽《こま》回し、面子《めんこ》など、大体は見物ではあったが、夕方真っ暗になるまで飛び廻るのが日課であった。

当時の久我山周辺の神田川は、清らかな水を満々とたたえ、川の底まで透き通り、川面にはアメンボウやミズスマシ、ゲンゴロウ等が泳ぎ廻っていた。時々お腹が真っ赤なイモリも姿を見せた。

男の子達は橋からザボンと、その川に飛び込み泳ぎ廻っていた。竹子は草むらの岸辺に腰かけて、足の先を水に浸して遊んだ。

外向的だった竹子は、学校生活を活発に楽しむことができた。女学校では、コーラスの指揮をしたり、千メートルの中距離走では一位になったり、学芸会では男役をこなしたり、仮装行列でカルメンを演じたりと、家で疎外されるエネルギーを学園生活で発散させるのだった。

小学校では女の子たちは、毛糸などを家から持ってきて休み時間に、いろいろな小物などを編んでいたが、竹子はあまり興味がなかった。それ故か女学校の授業としての和裁、洋裁、家事は貪欲に吸収した。小学生のときには、もっぱら家の外での活動、ことに男の子との遊びに没頭したので、女の子らしいことは、ほとんど嗜《たしな》んでいない。

女学校の宿題でソックスの編物があった。何しろ編物をするのは、これが初めてであったので、解いては編み、編んでは解くので、なかなか仕上がらない。カツノが手伝ってくれると言うのを頑《かたく》なに断った。竹子はカツノの大雑把な仕事が気に入らなかった。カツノにとっては、まことに可愛気のない娘である。遂に朝までかかって、ようやく出来上がったのは良いが、その出来は、散々な物だった。正義はそれをお風呂のお湯につけて伸ばし、編目を整え、それをタオルで包み替えながら水気をとり、アイロンで時間をかけて仕上げをした。お蔭で貰った評価はAマルだった。「やればいいというものではない。最後の仕上げが大事なんだ」と竹子は学んだ。

その頃の婦人雑誌の付録には、実に専門的な洋裁や和裁、料理、作法等の解説が載っていた。『セブンティーン』などスタイルブックも高価ながら出廻っていた。外国の素敵なデザインに魅せられて、竹子はこれらの本をむさぼり読んだ。

家には、戦災から免れた「鬼足袋」の黒繻子《くろしゅす》生地やベンベルグ、糸などが大量に持ち込まれていたが、それを材料にワンピースやスカート、チョッキなどを作り、ベンベルグでは、ブラウス、スリップ、パンツなどを、古い正義の背広やカツノの銘仙の着物はコートやスーツ、ワンピースなどに作り替えた。正義の作業着の繕いも引き受けた。サッカーやピケなど洋服の生地もボツボツ出回り始めた。スタイルブックを参考にちょうちん袖のワンピースやツーピース、コートなど、女学校時代の竹子は家に居る時はほとんど洋裁をしていた。

正義は、「竹子の仕事部屋を造らなければならないな」と、大工さんを呼んで相談などしていたが、カツノたちの反対で中止になってしまった。カツノは、大雑把なカツノと対照的に竹子の仕事は緻密《ちみつ》だった。

「竹子の作ったものは、見るだけで肩が凝るよ」

と、褒めているのか貶《けな》しているのか分からない評価をしていた。

人生の一大転換期に二歳に満たない幼い松子を抱え、なれない都会の生活になじむも束の間、竹子が誕生。会社の設立、家の建築、続いて梅子の出産の過程の中で、カツノにとって竹子は、重荷以外の何物でもなかった。反抗的だった竹子に、

「お前なんか間引《まび》けば良かったんだよ」

が口癖だった。正義は、それを知ってか知らずか、竹子を何かと相手にした。庭造りや垣根の手入れ、障子の張り替え、犬の入浴、家庭菜園作りなど。

四竹藪を開墾

梅子は目黒の新しい家に越して間もなく生まれた。正義は、その家から二、三百メートル離れた竹藪を借り受け、その地を開墾して会社の設立を目指した。朝から晩まで、竹の根を掘り起こすのは、大変な重労働であった。カツノも乳飲み子の梅子を乳母車に乗せて、根っこ運びなどを手伝っていた。二人とも裸足だった。お姫様の松子はあまり近寄らなかったが、竹子はよく見に行った。両親の大変さがよく分かって、自分でも何とか手伝いたかった。裸足になって何かしようとしたが、「危ないから入っちゃ駄目だ！」と大声で怒鳴られる。何の手助けもできないもどかしさに幼いながら申し訳ない気持ちで、竹子はエプロンの裾を噛みながら見ているほかないのだった。

「梅子は、あの時の藪蚊で脳炎になったんじゃなかろうかね」

後々正義は、梅子の振るわない学業成績を見て呟くのだった。

梅子は母親っ子の甘ったれでカツノの分身のように可愛がられていたが、学校の成績は今ひとつ振るわなかった。学区制編成替えの合間を縫って、高校は松子、竹子たちの進んだ都立の優秀校に進めたものの、大学進学で行き詰ってしまった。

O女子大はもちろん、X女子大もB女子大も駄目なのである。正義等ことにカツノの心痛は大変なもので、O女子大在学中の竹子はそれを見るに忍びなかった。クラスメートのN子に悩みを打ち明けた。

「学長先生に直談判して頼んでみるしかないね」

向う見ずにも竹子はN子と学長室の扉を叩いた。

数日後、竹子は正義、カツノを伴って学長室にいた。

さすがに梅子の成績では如何ともしがたい状態であった。「一年間通信教育を受けて、その実績次第で二学年編入を決めましょう。ことに英語は、通信教育とは別に個人教授で実力をつけるように」との結論になった。英文科のH教授がその面倒を見てくださることになり、梅子は通信教育を受けることと併行して、H教授宅で英語の個人レッスンに通うことで、梅子の大学進学の騒動は収まった。

しかし、これが教授会で問題になった。竹子は、国文科のZ教授に呼び出された。

「とても納得のいかないことなのだけれど、学長とは特別な関係があるの？　お礼は？」

と問われた。また、竹子が学んでいた社会学科の科長のK教授にはしたたか睨まれた。

「学長さんに何でもお願いしなさい！」

とさえ言われる始末だ。

この一件で以後、O女子大での竹子の心証は悪くなった。

学力的に問題がある梅子ではあるが、他の面では長けていた。その笑顔は、どことなく卑猥さを漂わせ、男女のことに特別の興味を持っているようだった。人の噂の中身はこれらに関することが多かった。

勇との結婚は見合いであったが、たちまち男女の仲になり身籠ったのだ。

梅子の夫勇は、幼いときに父親を亡くし、以後母の手一つで育てられた。苦しい家計を助けるため、勇は一生懸命勉強をして、常に特待生となり親に学資の心配をさせなかったという。

関西の国立S大卒業後、大手の企業に就職、相変わらずの勤勉さとそつのなさで上司の信頼を集めていた。そんな彼に正義は敬愛の念を持っていたが、結婚前に事をなしてしまう品行にか今ひとつ踏ん切りが付かないでいた。

突然、梅子が田園調布の竹子の家を訪ねてきた。何か思いつめている様子に竹子は尋常でないことを悟った。

「父様がなかなか踏ん切りをつけてくれないの。このままずるずると曖昧なまま結婚を延ばすのなら、私は家を出ようと思っているの」

竹子はその頃二番目の子を妊娠しており、姑とも同居していたので、身軽に行動を取れない状態にいた。梅子が帰ったその夜、竹子は正義の片腕の白河氏に電話した。

「気に入らないことがあるようだけれど、梅子自身は真剣にその気になっているようだから、早々に梅子の結婚に踏み切ってくれるよう、何とか父を口説いてもらえないだろうか」というような内容だった。

その後、間もなく行われた結婚式の日、正義は押し殺した声で、竹子に言った。

「身内の恥は、例え白河にでも言うものじゃない」と。

竹子は何か寂しそうなその時の正義の様子を忘れることができない。

「申し訳ないことをした」と思うのだった。

五正義の苦悩

松川産業の業績は年々伸び、御所に納品したり、学校や公共施設、一流デパートや一流企業などにも販路を広げていた。出身地宮崎からの留学生を大勢受け入れ、会社の規模も拡大していった。それなりに経営の健全化を最も重視する正義であったが、松子の夫進は経営そのものには一向に関心を向けず、権限譲渡ばかりを迫るのだった。業を煮やした正義は、竹子に経理の勉強を勧めるのだった。竹子は勉強そのものに抵抗はなく、すぐに村田簿記の通信講座に申し込み、勉強を始めた。それがまた全権を掌握したいと考えている松子たちの不服に油を注ぐ結果となった。足元が危うくなったと。事は急がなければならない。進は思うのだった。

正義から竹子に電話がかかって来た。

「たまには顔を出さないか」

松子の家族と同居をするために一年ほど前に新しく家を改築してから、竹子はその正義の家を訪ねることを極端に遠慮していた。しかし、その日の正義の電話は、受話器を置いた後も、何故か気になって、入園前の下の息子弘樹を連れて久しぶりに父の家を訪れた。

門を入るや否や、松子の夫進の甲高い声が聞こえてきた。「何たること！」と急いで玄関に向かうと、それに気づいた進は、あわてて玄関を飛び出していった。しばらく重苦しい沈黙が流れた。

家には、正義を看病するカツノも松子の姿もなかった。

正義は、数年前の痔の手術の際の輸血が原因か、以後肝炎を患い、入退院を繰り返していた。そんな夫を抱えながらカツノや松子は、看病のかたわらで、自分たちの自由な生活も堪能していた。

重い沈黙の後、

「もう進さんに任せたら？」

と竹子が口を開いた。

「進には失望だ。松川産業は、真剣に経営をしてくれるならば誰がやっても良い！」

ややあって、

「お前がやってくれると良いんだけどね」

と、正義は深いため息をついた。

松子の夫進の先祖は京都の侍ということであったが、進は父島生れであることを何故か隠していた。D大の専門部を卒業後、大手の企業の経理課に勤めていた。松子との結婚は、松子ら三姉妹が卒業したO女子大の同窓会M会が行っていた結婚相談事業に申し込み、熱心にアタックしてきたのだった。結婚後は正義が建ててやった井の頭通り沿いのこぢんまりとした二階家に住んでいたが、北海道への転勤を契機に、盛んに正義の会社に入ることを希望し、正義の家を二世帯が住めるようにと改築を迫った。

この同居こそ、正義の立場を根こそぎひっくり返し、未来の夢を絶望の底に突き落とすこととなったのである。「家など建て替えるのではなかった」。正義は、親しい人々に嘆くのだった。

単純で自己中心のカツノ、松子らは、そのような正義の苦悩を少しも汲み取らずに自己の生活を楽しみ、旅行に外出にと自由な暮らしを送っていた。

進は、「病人はゆっくり療養していればいいんです。会社には顔を出さないでもらいたい」と正義が松川産業に出ることを極端に嫌がった。松子は松子で、正義の葬儀には、「社員全員にハッピを着せて……木遣歌を歌わせる……」など、病や病状の心配どころか葬式の準備を優先させていた。

＊

事は急がなければ、進はいらだっていた。

松子は大阪で開かれた万博を、二人の息子とともに楽しんでいた。全ては、進の指示によるものであった。

気は強いが肝心なところでおだてに弱いカツノは、進の策略にすんなりと乗っていた。進は、「何が何でもこの機会で」と一計を案じていた。「松川産業と松川家の全権限を委譲して欲しい！」。病床の正義にぴったり寄り添って、朝から夜中まで執拗に食い下がった。

松子の結婚当初、正義は進に家督その他の権限を譲っても良いと思っていた。しかし、身近に進や松子の言動を見るにつけ、これを実行することに疑問を感じるようになっていた。まずは松子の我儘なところと独占欲が強い点に、まだまだ時間が必要と判断したのだ。また、進の物の見方、捉え方と大局を見ず性急に結論を急ぐ性格にはリーダーとしては「?」が付くのだった。時々松子には意見をするのだったが、同居後、全てを掌握したと思い込んでいる松子は、正義の意見など聞き入れるどころか、むしろ以前にもまして、反抗心と甘えを繰り返すのだった。「松子には、松川家の財産及び松川産業を譲ることはできない」と正義は、血を吐く思いで紙に書いた。正義の危惧は、進と、松子のリーダーとしての資質を求めてのことであり、決して能力や知識の有無ではなかった。

竹子の結婚が決ったある日、竹子の婚約者範夫の許へ一通の匿名の手紙が届いた。その中身は、竹子とその両親正義、カツノに対する抽象的な誹謗中傷であった。

範夫は、進と五ヶ月ほど歳上の同世代で、T帝大を出てT大の研究所に勤める科学者である。どう見ても進には、自分に分がある相手ではない。進はそれまでも竹子の結婚相手を何人か紹介していたが、それは自分の片腕として共に働き、自分が優位を保てると選んだ相手であった。

その手紙の差出人が誰であるかはすぐに判った。範夫はこの事件に少しも動じなかった。

竹子には、O女子大在学中から見合いの話が度々持ち込まれていたが、結婚そのものに気が進まないので、見合いを避け続けていた。ある時「松川産業に東大の研究室から見学に見えるけど、その日は日曜で事務員がいないから、お茶を出すのをアンタ、手伝って頂戴」というのが、竹子と範夫の見合いであった。

✽

その日の進は必死だった。カツノを遠ざけ正義の拒絶も無視して、返事を貰うまではテコでも動かないという形相であった。遂に正義は、怒りと絶望でわなわなと震え出した。さすがの進もこの期《ご》に及んで、とうとうカツノを呼んだ。

正義の異常に驚いたカツノはこのとき初めて、進の恐ろしさに気がついた。あわてて医者を呼んだ。が、全ては手遅れであった。

「進に殺された」

カツノは言い切った。

「そんなことを言って騒いでも父様が生き返ってくる訳ではない。みっともないだけだから、お止《よ》しなさい」

と竹子は言うのだった。


葬儀が済むか済まぬかのうちに、進と松子の「実行」が始まった。

「ここの主人は、これからは私たちだからネ」と。

混乱しているカツノを助けて竹子がカツノのために玄関に用意をした黒草履を、松子はさっさと履いてしまったり、ちょっとでも竹子が弔問客と話をすると、竹子の前に独特の科《しな》を作って割り入ったりした。

松子は、幼いときから愛嬌のある可愛い子だった。長ずるにつれ、その愛嬌に妖婉さが加わって行った。一オクターブ高い細い声を出して、独特の科をつけて話をする様《さま》は、七赤《しちせき》の年の七赤の月の七赤の日生まれの、天性の色気が備わっていた。

「同じ姉妹でもずいぶん違うんですね」

と、竹子はよく言われた。

「どっちがいいですか」

臆面もなく単刀直入に聞き返す竹子も一風変わっているが、「そりゃぁあなたよ」

という返事。

どちらかというと無愛想な類の竹子は、科を作ったり、媚を売るような女らしい仕草はとてもできなかった。が、世間の評価は何故か竹子の方が良かった。

✻

初七日、四十九日、お墓の用意など、カツノの仕事は大変だった。しかし、進と松子は先ずは家督の相続が先と、法事に関しては何もしようとしなかった。

竹子は、そんなカツノを助けて初七日、四十九日の準備やら香典返しの手配、はたまた墓探しや建墓の交渉などを行った。

「家督を全て任せなければ、私たちはこの家を出て行くからね」と遂に進たちは、実力行使に出てきた。

カツノに呼ばれて竹子が行くと、松子たちは、すでに引越し屋を呼んでいたが、途端に二階はシーンと静かになって竹子の様子を息を呑んで窺った。

「私を独りにして、松子たち出て行くんだってよ」

カツノは半泣きの状態であった。

「何があっても松子夫婦の言い成りになる覚悟があるなら、引越しを止めるけどね」

竹子は言った。

「何で私があの人たちの言い成りにならなきゃならないの！」

気の強いカツノは言い切った。

「それじゃあ決まりね。独りで住むのも気楽で好《い》いかもよ」

竹子はすぐに帰路についた。

がっかりしたのは、松子だった。「全財産と松川産業をはじめとする全ての権限を譲ることを条件に、引越しは見合わせる」と今こそ決着をつけようと手ぐすね引いて待機していたのだ。

立川のマンションに移ってから、進は松川産業に出社せず、サボタージュを決め込んだ。会社は、終戦直後から正義の片腕として松川産業の経営に携わってきた海軍出身の白河を代表として運営された。竹子の夫範夫も、非常勤の取締役として参加していた。

松子の中学生の二人の息子は、度々カツノを訪ねていたが、その風采は段々とカツノのイメージするものと違ってみすぼらしく見えてきた。その上、権勢欲の強いカツノは、白河の一挙手一投足の変化も見逃さず、その不遜さを嘆くようになっていた。

「ここは孫に免じて目をつぶって、妥協をしなきゃ、しょうがないかな」

竹子も進を松川産業の代表にすることに同意した。

高度成長の波に乗って松川産業は実績を挙げていった。進は、その時々の経営状態を逐次《ちくじ》カツノに報告をするなど以前正義にとった態度とは違って、カツノを立てるようになっていた。

カツノは、この松川産業は、自分と正義が竹藪を開墾して興した会社であると、ことある毎に口にし、松川産業は私のものだ、と豪語していた。

六　カツノのこだわり

正義の遺産は、全てカツノが相続した。三人の娘がカツノに譲渡をした形を取っていたのであったが、収まらないのは進と松子である。何かに付けて攻勢を掛けていた。時には何の関係もない親戚の者や知人を使い、松子に全てを譲るようにカツノに働きかけをした。

多くの人たちは、そのような強欲な松子たちを相手にはしなかったが、中にはおだてに乗って、または交換条件の巧みさに乗って、カツノを説得する者もいた。勝気で頑固一点張りのカツノは、それらの攻勢を頑として撥ね付けていたが、その攻勢が昼な夜なとエスカレートするにつけ、さすがのカツノもその神経が持たなくなっていった。

カツノは時々、田園調布の竹子の家に来ては、延々と大声で松子への愚痴をこぼすようになった。

松子の独占欲は日常の言動から衆人の知るところであったが、カツノのそれもまた人並み外れたものがあった。

「蛙の子は蛙ヨ」と竹子。

＊

カツノの父源蔵は、伊東藩の士族として村の長の重責を任されていたが、大正時代のインフルエンザの大流行の際、日夜馬で村内を見廻っていたが、遂に彼自身が病魔に冒され、別棟の妾とそのカツノと同じ歳の娘共々、あっさりと死んでしまった。

カツノは、久しぶりに授かった女の子であった。そのため大事にされたばかりにカツノの我儘は桁外れであった。琴や三味線、琵琶、花道、茶道、お仕舞など、当然のこととして習い事の毎日であったが、お供の小間使いのお千代を脅迫して巻き、稽古事をサボった。可哀相なのはお千代で、カツノの母や祖母に小言を言われて泣いていた。

琴や三味線は男勝りのカツノには、どうしても性に合わなかったが、琵琶だけは、加藤旭紫の雅号を持つ師範にまでなった。

袴の裾を靡《なび》かせながら田舎の道を行くカツノの姿は、村人たちの注目の的で、「カツノさんが通る！」と知らせ合いながら眺めたものだと、戦後、東京に留学していた学生が時々松川家を訪ねたり、滞在したりしていたが、その折りに彼らの父親たちの話として竹子たちは聞かされた。

その後、家督を継いだ源蔵の弟は、それまで鬱積していた不満をぶつけるかのよう

に、遊郭に入り浸り、財産の全てを注ぎ込んでしまったのだった。宮崎市内の女学校の寄宿舎に寄宿していたカツノは、

「ちょっとカツノさん帰ってきてください」

とお千代が迎えに来て、我が家へ帰ったが、それ以来二度と女学校に戻ることができなかった。

カツノたちの権勢に平伏《ひれふ》してきた世間の人々は、それを機にその態度は手の平を返したようにがらりと変わった。このカツノのショッキングな経験は、カツノをして頑な金銭欲の強い性格にしてしまっていた。松子の性格は、カツノのそれを踏襲しているかに見えた。

度々のカツノの来訪に、竹子はカツノを説得にするようになっていた。

「全部でなくとも良いから、遺産を少しずつでも分けたらどう?」

「松子、梅子には、ちゃんと家屋敷を与えてあるんだから」

「あんなごみ溜め跡など要らないと思ったけど、貰っておいてもいいわ。価値的には

不公平だけどね」
「松川産業の株式は、どのくらい分けたらいいんだろうね」
「二～三万株ずつでもいいんじゃないの？　みんなが松川産業に関心を持っていると
いうことを、形にすることは良いことだからね」
カツノと竹子の間には、このような会話が際限なく取り交わされた。できれば少し
も手放したくないのがカツノの本心だった。カツノは、松川産業の株式のほか百貨店
や鉄鋼業など上場の株式等を何万株も持っていた。その上カツノには、松川産業本社
の敷地の一部分である借地を、買い取る目的で貯めてきた莫大な預貯金があった。

カツノのこのような性格は、自己の財産が減ることへの抵抗が薄れることはなく、
竹子とのやり取りは、どれも決断されることもなく、毎度同じ言葉が互いに繰り返さ
れた。結論は出ても決断はできないカツノだった。
「家裁できちんとした書類にして……」カツノの決断は、また延々と延びた。
「じゃあ、私が中立人になって、やってもいいけど」

と竹子は言った。カツノの決断は決まらなかった。松子、梅子の攻勢は続いているというのに……。

竹子は、思い切って家裁に相談に行った。三人の娘にそれぞれ松川産業の株式二万株ずつのほかに、何も貰っていない竹子には、カツノの家の地続きで、昔、家庭菜園や生ゴミ処理場として使っていた「三十坪弱の土地を分ける」という竹子の案は、調停員も妥当だとの判断だった。迷わず竹子は調停を申し込んだ。

あわてたのは松子と梅子だった。そのうちカツノを説得できるものと踏んでいたのだ。調停は、竹子の案通りにまとまって終わったが、その間松子、梅子は「私たちは今まで通り全部母の物にしておくことに異議はありません」と調停員らの心証を良くすることに終始した。

これでカツノの愚痴から解放されると一息ついた竹子であったが、それは大きな誤算だった。

カツノに残された遺産は、竹子の案を実行しても、なお余りある物が残っていた。

松子らの攻勢は、前にも増して激しくなった。

「あとは、母様の思うようにしなさい」

竹子は長男の不慮の死以来、環境運動に心身を傾倒しており、実家の遺産騒動などにエネルギーを使うゆとりなどなかったので、これで実家の問題は終結したと、社会活動に没頭した。松子から電話がかかって来たのは、そんな時だった。

七オーストリッチのバッグ

「これは、ご家族の方が持っていた方が良いでしょう」と婦長さんがカツノが握り締めていたオーストリッチのバッグを竹子に渡した。松子の顔色がサッと変わったのを竹子は見た。竹子はとっさにそのバッグを傍のテーブルに置いた。松子は間髪を容れず、そのバッグを手にとった。

患者の身元引受人を一人決めることになった。当然、長女の松子がなるものと竹子は思った。

「お母さんの全財産を私に譲ることを約束してくれなければ、私は身元引受人にならないからね！」

恥も外聞もなく松子は言った。

「それとこれとは問題が違うでしょう。どうしても身元引受人になりたくなければ、私がなっても良いけど」

と竹子が言った。しばらくの後、

「じゃあ私がやるわ」

口を尖らせて松子が言った。

病院の費用は、その都度、松子が立て替えることにして、竹子は車で自分の家に直行した。が、松子と梅子は話が山積みしていた。松子は立川、竹子は田園調布、梅子は品川区の大崎にそれぞれ住んでいた。

松子はこの前日、かねてからの打ち合わせ通り、カツノを立川の松子の家に連れて行くために、カツノの弟孝に手伝ってもらい、カツノを連れ出した。その口実は、

「国民年金の保養所へ皆で保養に行こう」ということであった。しかし着いた先はカツノが最も避けていた松子の家だ。カツノの精神状態は極限に達したのだった。

✲

一九七〇年代より始めた竹子の環境運動は、今や社会の認知するところとなり、竹子は行政やマスコミ等の対応に日夜追われていた。

その一つとして、社団法人倫理研究所の機関誌の編集者の注目するところとなり、「時の人」欄の取材の申し込みを受けることになった。父正義の感化もあって前々から倫理に強い関心を持っていた竹子は、これを機会にその研究所が全国で展開している「朝の集い」に参加するようになっていた。

毎朝五時から一時間、研究所の創始者丸山敏雄の著書『万人幸福の栞』を「輪読」するという単純な行事であったが、竹子は、その栞の中身のすばらしさに釘付けになった。正義の教えそのものであったからだ。特別難しく高度な表現ではなかったが、結婚以来悩み続けてきた倫理観に確たる自信を持たせてくれるものであった。
以後、四時過ぎには起床して、自転車で烏山の会場に通った。それは、毎日父正義に会いに行くような楽しい日課になっていた。いつの間にか長い間悩んでいた頭痛、肩こり、吐き気が消えていた。

カツノの入院後、竹子は、「朝の集い」が終わると目黒のカツノの留守宅まで足を伸ばし、その庭や、周りの道路の草取りや清掃を行った。カツノの屋敷には、区の保存樹にもなっている桜の大木がある。毎年春になると見事な花を咲かせ、辺り一面にその妖艶なまでの華麗さを謳歌していた。しかし、その落ち葉もすさまじく、一日二日掃除をしないと辺りが落ち葉で埋もれてしまう。主のいない佇まいを侘しく演出してしまうものでもあった。竹子の清掃通いは、近所に迷惑を掛けることへの配慮からであったが、今まで自分の忙しさにかまけて、ご無沙汰をしてきた罪滅ぼしでもあった。大きなごみ袋は、すぐに三袋ばかりがいっぱいになった。隣家にごみの収集に出してもらうことをお願いして、その大袋を門の外へ出して帰るのだった。

毎朝自転車で通う「集い」は、健康のためにもプラスになっていたが、雨の日は辛かった。竹子は思い切って車の運転免許を取ることにした。小さいときから車酔いが激しく、車の免許を取得することなど考えてもいなかったが、雨の日も気持ち良く「集い」に参加するためにと、免許取得の決心をして、P自動車教習所の門を叩いた。時に五二歳。若い生徒たちに混じって教習を受けることは、ちょっと抵抗があったが、ナイスガイの教官に励まされながら無事免許を取ることができた。

カツノの病院は、中央自動車道の八王子インターから山の方へ入ったところ。調布から立川の高速道路は、高速教習のコースで何回か走行したコースであった。

取得したばかりの新米ドライバーは、後にも前にも車がいない快適な高速道路を、晴れた日には富士山を真正面に眺めながらカツノの見舞いに通うのだった。「朝の集い」のためにと取った運転免許は、結局は、カツノのために生かされることになった。

院長にも面会してカツノの病状を尋ねた。病名は、血管性痴呆。薬で治ることもあれば、治らないこともあるということであった。

三ヶ月を過ぎる頃から、カツノの病状は、素人目にも明らかに治癒されてきたのが分かった。病状が治ってくるとカツノは、自分の置かれている病院の状態が分かって来る。周りは、普通とは明らかに違っている病人たち。食事が配られるや、我先にと他の病人の分まで盗って行く人。入浴といえば、真っ裸にされて、何人も一緒に浴室に入れられ、上からシャワーをざぁーと掛けるだけ。トイレも自由にならず、有無を言わせずおしめをさせられる。ほとんど四六時中、薬で眠らされている。面会のたびにきれいな寝巻きに着替えさせられる、など見舞いの時間は、そのほとんどがカツノの愚痴に終わるのだった。

受付の事務からは、「費用が先月から滞っています」「健康保険証を返却してください」など、竹子には身に覚えのない驚きの苦情である。松子たちは、カツノを見舞うことはしないが、健康保険証は何故か持ち出している。帰宅後、松子に事務で言われたことを電話すると、

「あんたの指図《さしず》は受けないわよ！」と怒鳴られる。何故なのか。

「ここを出たいんだよねェ」。訪ねるたびにカツノは竹子に訴えた。竹子もこの施設

は、今のカツノには適切でないと感じていた。しかし、身元引受人である松子が動かないことにはどうにもならない。思い切って電話をすると、例によって、「あんたが口出しすることではないでしょう」である。梅子にも電話をするのだが、梅子も何か気のない返事だ。

その頃からカツノの留守宅が、徐々に変化をしていることに竹子は気付いていた。早朝にしか行かない竹子であったが、家の中が片付けられていくのが分かった。始末屋のカツノは、捨てても良いと思われる物まで仕舞い込んでいたので、初めのうち竹子は、松子と梅子が昼間に来て片付けたのだろうと、さして気にも留めずにいたが、そのうち、ベッドや冷蔵庫、食器戸棚の中身、箪笥の中の衣類などが消えていた。そのベッドは、正義が特別注文で誂えた物であった。箪笥の中には、竹子の家から持ってきて入れておいたシーツや足袋、コート、下着類などもあったが、それらの物も消えていた。

ある日、F不動産の若い男が二人、田園調布の竹子の家を訪れてきた。何の用事で来たのか竹子には、合点が行かず、後々思い出しても実に不可解な応対となった。

松子は、思慮の浅い梅子をそそのかしてカツノの家・屋敷を売却しようとしていたのだ。カツノは、あの病院で長くはあるまい。死んでしまってからでは法律上、自分の自由にならない。今のうち本人の意思で売却を委任されていることにすれば良い。計画は、着々と実行されつつある……と二人は確信していたのであろう。

世間はそうは甘くない。F不動産は、それとなく竹子に打診のために来たのだった。

✿

「お前なんか間引けばよかったんだよ」。カツノは事あるごとに竹子に辛く当たった。竹子はそんなカツノが嫌いだった。友達の家に行けば、友人の母親は優しく、レース編みや刺繍などをしている。自分の母親はどうして毎日ガミガミと口うるさく眉間にしわを寄せて怖い顔をしているのだろう。早くどこか遠くへお嫁に行って二度と帰ってなんか来るものか。小さい頃の竹子はカツノのことを、継母ではないかと真剣に思っていたほどである。

大学進学が近づくにつれて、竹子はグランドオペラに魅了されて、プリマドンナになりたいと大望を抱くようになった。そんな望みをかなえてくれるような状態ではなかったが、竹子は真剣だった。「『歌うたい』になりたいんだってさ」。カツノは軽蔑するように吹聴した「O女子大なら学資を出してやるけどね」と。

実家さえ没落しなければ、カツノは間違いなく進んでいたであろうO女子大に対して、こだわりと憧れを持っていた。結局、三人の娘は、O女子大へ進み卒業したのだ。今日のようにアルバイトで自立できる時代ではなかった。どうしても親の反対を押し切りたければ、どこか音楽家の家の女中に住み込みで入るしかなかった。竹子には、そんな勇気はなかった。「世界的なプリマドンナの出現をこの親は、みすみす握りつぶしたのだ」。竹子は今でもそう思っている?

✻

この時、竹子は幼い時からのカツノの仕打ちを思った。末娘梅子にはめっぽう甘かった。猿の親子のように梅子は常にカツノにぶら下がっていた。小学校に上がった後も、学校から帰ると決って、おっぱいをいじっていた。それは四年生の時、集団疎開を余儀なくされるまで続いた。

長女松子は幼い時から愛嬌が身についていて、内と外とを巧みに使い分けることでもカツノと性格が酷似していた。鬼っ子の竹子は、常に三人の輪の外にいた。うわさ好きなカツノたちの癖を正義はいつも窘《たしな》めるのであったが、竹子もそんな雰囲気になじめなかった。それを非難すると「小便垂れのくせに偉そうな意見をするんじゃないよ」と揶揄《やゆ》された。勢い竹子は外へ出て、近所の男の子たちと遠く神田川や田んぼの畦や麦畑等で川遊びやトンボ捕り、凧揚げ等に夕方暗くなるまで没頭した。

女学校に上がってからは、できるだけ遅くまで課外活動のコーラスやテニス、バスケットボール等に興じた。そんな竹子を正義は休日には息子のように大工仕事、庭の手入れ、水撒き、犬の入浴、買出しにと使うのだった。

あんなに可愛がり、また大切にした娘たちに何という仕打ちをされるのだろう。竹子は、カツノが哀れで哀れで、堪らなくなった。親ではないか。竹子は初めて、カツノを親として、カツノの娘として深く自分を問いただした。

外部との交流よりも内部の絆を重んじ、子供を盲目的に可愛がり、その枠の中で独特な世界を構築してしまうと、その子らは、「親は、自分の利益にのみ存在する者である」との固定観念が身についてしまうのだろうか。

「最も大切なわが命の根元は両親である。このことに思い至れば、親を尊敬し、大切にし、日夜孝養を尽くすのは、親がえらいからではない、強いからではない。世の中にただ一人の私の親であるからである。私の命の根元であり、むしろ私自身の命である親だからである……。親が病気するのは、子が不孝だからである。……親を大切にせぬような子は、何一つ満足には出来ない」

「朝の集い」で勉強する栞の十三条「本を忘れず、末を乱さず、反始慎終」を竹子は反芻した。竹子は、長いこと母を疎ましがってきた自分を責めた。とめどなく涙が流れ落ちた。

✻

何としてもカツノを他の病院へ移さなければならない。東京都のA福祉局長とは環境運動を通して懇意であったが、他人のことでは一肌も二肌も脱げるものを、自分のこととなると、その勇気がまるで出てこない竹子であった。

灼熱の日であった。電車とバスを乗り継いで板橋にある都の老人専門の病院を訪ねた。応対に出たケースワーカーに竹子は、「現在、病人はE病院に入院中だけれど、こちらの病院へ転院させたい」と、すがるように訴えた。もの珍しそうに竹子の顔をまじまじと見ていたそのケースワーカーは言い放った。

「あなた、どうかしているんじゃないですか。ここに入るには、皆さん二年も三年も順番を待って、やっとの思いで入るんですよ。病人本人は来ないで、親族のあなたから、いくら熱心に頼まれても駄目ですよ」

お説ごもっともと竹子は一言もなかった。焼け付くような灼熱のバス停でバスを待ちながら、竹子は、滅入るような情けなさに耐えた。

浴風会がある！　そう思った途端に「同じだろう」、と悲観的な想いがよぎった。駄目でもともとだ。いよいよ駄目ならば、理事長の灘尾先生にお願いしよう。竹子の決心は決った。

応対に出たケースワーカーは、竹子の話を聞いていたが、やがて「少々お待ちください」と言ってカーテンの奥に消えた。しばらくあって、医師とともに現れて、カレンダーやスケジュールなどを照らし合わせていたが、「あさって連れていらっしゃい」と言うではないか。竹子は我が耳を疑った。

一通りの手続きを済ませ、入院に際して用意する物などを記した栞の説明を受けた。気が重いが、松子たちには連絡をしない訳にはいかない。今夜にでも電話をしよう。その前に入院時に用意をしなければならない寝巻きや洗面具、湯飲みなどカツノの家で揃えようと、車でカツノの家に向かった。竹子は、昼間カツノの家を一人で訪れるのは初めてであった。

するとどうだろう。松子がいるではないか。白足袋のまま、不自然な格好で台所に掃除機を掛けている。車の気配に、あわてて身繕った感じである。できるだけ冷静を装って竹子は言った。

「丁度良かったわ。今晩、電話をしようとしていたところだったんだけど。あさって母様を浴風会の病院へ転院させてもらうことになったのよ」

途端に松子の様子が急変した。

「何だって！　梅子！　梅子！　ちょっと、大変よ！」

梅子が奥の部屋から飛び出してきた。

「何〜んだァ！　梅子も来ていたの？　あさって母様を浴風会の病院へ転院させてもらうことになったのよ」

竹子は再び梅子に告げた。

その時の二人の態度は、まさに常人の域を超えており、忘れられない光景を竹子は目の当たりにした。

「何だって！　あんた！　気でも変になったんじゃないの！」

鼓膜が破れるかと思われるような甲高い大声で、竹子の耳元で怒鳴った。二人は、カツノの回復を真に望んでいないことを感じていたが……。竹子は悲しくなった。

ややあって、竹子は、冷静さを取り戻した。

「まあ、とにかくお座りなさい」

二人は、仕方なく仏壇の前に座った。竹子は言った。

「そんなに浴風会病院に入れることは、いけないことなの？　みんな入りたくても入れないで困っているのに！　あなたたちは反対かもしれないけど、私は、あさって母様を移しますからね。あちらの病院も了解していることだし」

と入院の支度に取り掛かった。二人は、何やらコソコソ話し合っていたが、やがて、

「あのね竹ちゃん！」と、松子。

「あたしたちが母さんを迎えに行くわよ」一瞬、竹子はぎくりとした。本当に転院させるのだろうかと。竹子は、できるだけ冷静に、

「そうぉ、それじゃお願いするわ。前になるか後になるか判らないけど、私も行きま

すよ」

松子、梅子らは、竹子よりもずっと以前に自動車の運転免許を取得していた。梅子はベンツは大きくて運転が大変だと、盛んにこぼしていた時期があった。しかし、近頃はどうした訳か二人とも車を運転していない。

ややあって竹子は言った。「『美鈴』には頼まない方がいいよ。あんな所に親を閉じ込めておいたなんて、自慢にならないからね。乗り心地の良さそうな流しのそれも、出来るだけ大型を拾うといいよ」

「美鈴」とは松川産業が常用しているハイヤー会社である。

帰ろうとして玄関に出た竹子に松子が言った。

「やっぱり、竹ちゃんに頼むわ」

車に乗り込むと、竹子にどっと疲れがのしかかってきた。自分のやったことは、二人が咎めるような悪いことなのだろうか。竹子は何としても合点の行かない想いであった。

「もう少しで目的が達せられるところだったのに」

松子と梅子は地団太を踏んで悔しがった。竹子には内緒で金庫を開けていることもばれてしまった。不動産の売却もしばらくお預けである。

F不動産では、松子らの行動に不信を感じて田園調布の竹子の様子を探りに来たのだった。とても危険な取引であることを、彼らは感じていた。松子らは、言葉巧みに、F不動産をその気にさせ、今一歩のところまで来ていたと思った売買取引であった。


「朝の集い」の後、竹子はほとんど毎日、会場から程近い浴風会病院のカツノを見舞った。時々、仲間の会員も見舞いに同行してくれた。また、以前同様、カツノの家の周りの清掃に足を伸ばしたりした。これらのことを、竹子は一つも重荷とは思わなかった。早朝の清涼な空気のおかげで、竹子の健康はますます良好な方向に向かっていた。

浴風会病院では、歩行訓練が主な治療となった。

「病気は治っているので、すぐにでも退院をしてもらいたい」

と言うことになった。あわてたのは松子たちである。

「どこか老人ホームの入居が決まるまで何とか退院を伸ばしてもらいたい。竹子がどうしても病人の世話を嫌がっていますので」と主治医に頼み込んだ。

「みんなで協力して病人を助けるのが、子供たちの役目ではないですか」

医者は、憮然として竹子に抗議した。またしても松子、梅子は、竹子を悪者にしてことを運んだ。それは、小さいときからのカツノを含んだ三人の常道だった。その一方で、松子、梅子は、伊東の老人ホームに勝手にカツノの入居の手続きを取っていた。竹子には、何の相談もなく。

カツノの退院の日が近づいたある日、医師の勧めで、竹子はカツノを車でカツノの自宅に伴った。すっかり変わってガランドウになった自宅を見て、カツノはどう思ったであろうか。竹子は余計なことは、一切口にしないことに決め込んでいた。どう弁解しようにも、竹子のあずかり知らないことであったし、実際、竹子には何とも説明できなかった。

カツノはガランドウの我が家の中を見て、当惑したことは間違いないことであったが、気丈なカツノは何も言わなかった。竹子はほっとしたが、それは竹子の思い違いであった。

その夜のカツノは、興奮して看護婦さんたちを梃摺《てこず》らせたのだった。それからというもの、松子と梅子が病院に来ると喧嘩になり、

「金庫の鍵を返せ」

と騒動になった。カツノも松子も財産のこととなると、人前憚《はばか》らず主張するのが昔からのことだった。

「あの二人が病院に来ると大騒ぎになって、他の患者さんたちに迷惑で困ります」

看護婦さんから言われて、竹子は困惑した。カツノは、何回も病室を移動させられた。

竹子は防犯活動などで、警察の人たちと親しかった。思い切ってQ防犯係長に相談した。

「どこか信用のおける鍵屋さんを紹介してもらえないだろうか」と。

Q係長は、快く即座に連絡を取ってくれた。半日の外出許可を貰って、カツノは再び我が家へ向かった。非番のQ係長も同行してくれた。鍵屋は、カツノの家の前で待っていた。

カツノは、自分で金庫の中身をむさぼるように改めていたが、時間ばかりが過ぎるのがじれったかった。相談の結果、銀行の貸金庫に預けることになった。カツノは、金庫の中身を自分で大きな風呂敷に移した。浴風会病院近くのR銀行が良いということになり、カツノ、竹子、Q係長の三人は、竹子の運転する車でR銀行へと向かった。すべての手続きが終わり、病院のベッドに落ち着いたカツノを見届けて、竹子はほっと一息ついた。

歳の瀬も押し迫ったカツノの退院の日、竹子は、自分の車でカツノを自宅まで送り届けた。

松子、梅子も付き添った。二人は、すぐにでも伊東の老人ホームへ竹子の車で連れて行く段取りであった。何も知らされていない竹子は、二人が居るならば充分だと思い、自分は、家に仕事が山積みしているのでと、田園調布の家に早々に帰ることにした。

一晩中かけて、松子と梅子は伊東の老人ホーム行きをカツノに迫った。竹子も承知しているのだとカツノを口説いた。

「何でここに私の家があるのに、そんな老人ホームに行かなきゃならないのよ」

自立できないことの自覚がないカツノは激しく抵抗した。確かに、カツノがこの家で独り住むとなると、娘たちの負担が増えることは明らかだった。正直、竹子もカツノが老人ホームに入ってくれることは、安心だと思うのだった。

あくる日、その日は大晦日であったが、竹子は、自分の家の仕事を早々に片付けてカツノの家に行くと、玄関に松子と梅子が大きな荷物を持って帰るところであった。

「じゃあ私たち、今後何があっても知らないからね」

二人は後も振り向かずに帰っていった。本当に、二人はそれ以来、カツノが死亡するまでカツノの介護や見舞いに顔を出したことはなかった。

カツノは、ぶつぶつと不機嫌であった。竹子が訪ねても、いつも不平たらたらの体であった。

「わたしゃ、あんたらの世話にならなくてもいいんだよ！」と、ふて腐れている。そのくせ行動を監視し、洗濯をしていると、そっと様子を窺ったりするのだ（もう、明日から来てなんかやるものか）。と何度思ったことか。しかし、翌日になると、心配でじっとしていられない。病院での長いおしめ生活は、垂れ流しの状態になっていた。布団や着物はびしょびしょ、廊下や浴室には、大便があちこちにくっついている。薬缶やお鍋は、グニャグニャで真っ黒焦げに熔《と》けている。電子レンジを買ってきて使い方を説明しても、忘れるのか長時間使用するので中身は黒焦げで炭状になっている。その頃、老人役の女優Uさんが、ガスの火が袖口に付いて、それが因《もと》で死亡したというニュースが報道された。何で放っておくことができようか。

びしょびしょの布団は、竹子が干そうとすると、「いいんだよ」とカツノはムキになって隠そうとする。昔、カツノが竹子にしたように、大声で、「全くしょうがないね。いい歳をして。見せしめに、みんなの見えるところに干してやる！」と怒鳴られると思うのか。竹子は見て見ない振りをして二階のベランダに運び、何食わぬ顔で次の仕事に取り掛かる。汚れたシーツは、くるくると丸めて、これも寝巻きと一緒に洗濯機に放り込む。言い争いをする時間とエネルギーが竹子にはもったいない。

ベッドは、和室用の折りたたみの物を買い求めた。冷蔵庫と洗濯機、メディシンボックスは、近くのM電器店に注文した。食器や足袋、コート、洋服等は、田園調布の家から竹子の物を運び入れた。ストーブは、危険なので使用をやめ、電気コタツを新たに買い入れた。

ある日、いつものように竹子がカツノの家に行くと、カツノの姿がない。外に探しに出ると、遥か遠くに例のバッグを持って歩いてゆくカツノの姿が見えた。その後を追ってゆくと、カツノは郵便局に入っていった。竹子がその郵便局に入っていくと、カツノは大声で何やら話をしている。どうやら、定期預金の証書がないと言っているようだった。局員も困惑顔である。竹子が近づいて行き、

「みっともないからお止しなさい」と言うと、きっと怖い顔でにらんで、

「お前もグルなんだろう！」と怒鳴った。

半病人のカツノが貴重な物がいっぱい入ったバッグを持ち歩くことは、心配である。

しかし竹子は思った。「あれは全て母様の物。例え誰かにどうされようと私の責任ではない。怪我をすれば救急車が来てくれるだろう。自分は、できる範囲内で自分に忠実に、ことをなして行けばよいのだ」。そう自分に言い聞かせた。すると不思議やスーと気分が軽くなった。

竹子が腹も立てず、淡々と仕事をこなせたのは、それはあまりにも忙しすぎるからでもあった。喧嘩などしている時間が惜しい。余計なエネルギーを使いたくないとの思いからである。当時の竹子は実に忙しかった。婚家先の問題や、都や自治会、団体等の委員や理事等をいくつもこなし、その上、当時、住民運動の代理人として国の公害等調整委員会に調停申請をしていた。それに伴う準備書面や、陳述書の作成、そのための調査、研究など日々大変な仕事が山積みしていた。また、マスコミ関係の取材の応対、出演依頼など、てんてこ舞いの忙しさであった。また、最も竹子を悩ましていたことは、夫範夫が、心筋梗塞を起し、カテーテル手術を受けるために、入院したことだった。これらの難局を乗り越えることに竹子は必死だった。カツノの世話は、松子や梅子がしてくれれば、どんなにか助かるものをと恨めしく思うこともあったが、

「あんたの指図は受けないわよ!」

と一喝されること必定である。それに親の世話は、頼まれてするものではなく、自己の思いの発露でなければならないもの。できる範囲で行おう。できないところは自分に目をつぶろう。自問自答の毎日であった。

どうしても竹子はカツノのところにいけない日が、数日出来た。近頃、カツノは外出も自由にしているし、訪ねてくる友人やカツノの弟夫婦も時々来るようであるので、行けないことをさして気にもかけずにいた。

数日後、行って驚いた。

カツノが飛び出してきたのだ。

「あんた! 病気をしてたんじゃないの? 私は、自分のことしか考えなくて、あんたのことなどこれっぽっちも思っていなかった! ごめんよ、ごめんよ」

と、ワンワン泣くのである。

「忙しくて来られなかったのよ。病気なんかしてないよ。心配かけてごめんね」

竹子は、カツノがこの数日、自分のことを心配して、居ても立ってもおられなかったことを思うと、カツノがいとおしく思えるのだった。こんなことはカツノにはかつてなかったことである。

それからのカツノは、まるで人間が変わったように、人のことを思いやるようになった。

竹子がする前に、率先して庭掃除や雑巾がけを息を弾ませながらやった。「ありがとう」の言葉も出るようになった。いつの間にかオネショもピタリと止んでいた。顔つきまで柔和な優しい人相に変わっていた。こんなカツノを松子や、梅子はもちろんのこと、先に逝った正義は知らないだろうと竹子は思うのだった。

退院後も、月一回の通院に竹子は付き添った。一度も介護に来ない梅子は、カツノの入院時の同室の患者をその後も度々見舞っていることを聞いた。全く不可解な梅子たちの行動である。

八　残された命

三月二十一日は、彼岸の中日であると同時に、正義の祥月命日でもある。竹子は朝から、ちらし寿司を作ってカツノの家に居た。息子の弘樹も後からやってきた。続いて梅子の次男忠之も訪ねてきた。久しぶりの忠之に一同、大歓迎であった。殊のほかカツノは喜んだ。いろいろ話をしているうちに忠之がぼそぼそと愚痴を言い出した。

「母さんときたら家のことなどほったらかしで、掃除や炊事などまるでサボっている。食事もろくな物を作ってくれないんだよ」

竹子はとっさに正義の言葉を思った。

「忠之ちゃん、あなたもう二十歳でしょう？　誰かを当てにしては駄目よ。気に入らないことは、自分でおやりなさい。叔母ちゃん（竹子）だから良いけど、身内の恥や母親の悪口を他人に言うものじゃないよ」と、竹子は忠之を諫《いさ》めた。

その後、弘樹と忠之は、「二人で映画でも観なさい」と一万円ずつをカツノから貰って、二人一緒に帰っていった。

＊

通院をしているうちに、九月の老人健診になった。ついでに検診を受けたのであったが、そこで、肺癌らしきものが見つかった。東大病院で詳しく調べることになったが、やはり結果は陽性だった。すぐに入院手術ということになった。カツノには、松川産業に親子で勤務している弟孝がいた。お人好しな彼らは、進に適当に使われていたが、カツノのところには、時々顔を出しては逐次、松子らに様子を報告していた。カツノが東大病院で、肺癌の手術を行なうことは、すぐに伝えられた。正月早々にカツノは入院した。孝夫妻は手術前の説明も一緒に聞いた。「集い」の仲間もおにぎりなど用意して心配して付き添ってくれた。松子たちは、何の反応も示さなかった。

手術は行われたが既に、リンパに転移していた。しかし、その後の表面上の経過は順調だった。コバルト治療も終わり、三月三十一日に退院することになった。孝を通して松子たちに伝えられた。しかしその直前になって、退院が二ヶ月延期されたのだが、孝たちに知らせる時間がなかった。

三月三十日、松子、梅子らは、息子たちの一族郎党を引き連れて、大騒ぎで病院にやって来た。

「こんな大事なことを今まで知らされなかった。何てことでしょう！」

散々竹子を非難して帰って行った。竹子は、主治医に呼ばれた。

「どうしてこんな大事なことを姉妹に知らせなかったのですか」

医師は憤然として抗議した。

「見苦しいことで誠に申し訳ございません。あの人たちは、全て知っているのです。母に介護が必要なことは、二年前から充分に判っていることです。癌が見つかったのは、昨年の九月でございました。その間、お彼岸やお歳暮、正月、それに父の命日もあり、彼岸もありました。知らないことのほうがおかしいのではありませんか」

竹子は落ち着いて話をした。

「なるほどね」医師は、狐につままれたような様子だった。
大騒ぎをしてやって来たくせに、彼女?・らは、その後何日も顔を出さなかった。

カツノの退院の日の朝、竹子は家の便器の中の自分の真っ赤なお小水に驚いた。痛みは全然なかったが、便器の中の真っ赤なきれいな液体は、何とも竹子の気分を滅入らせた。痛みがないことだけが救いだった。

竹子は、夫の範夫にカツノの退院に同行してくれるよう頼んだ。（一人暮らしは無理だから、しばらく竹子の家に同居するように）との医師の指示に対し、範夫も快諾しているのだというデモンストレーションを兼ねていた。カツノはあと「三ヶ月の寿命」と宣告された。

カツノには、竹子の家の奥の八畳の客間を当てた。竹子は、外出事が多かったので、その都度、「集い」の仲間のU子さんに留守居とカツノの世話を頼んだ。
ある日、竹子が帰宅すると、U子さんが泣きそうな様子で、

「お母様が、『ちょっと用事で行ってきます。必ず帰ってきますから』と言ってどこへやら行ってしまわれました。紙袋を持っていかれました」と言う。

竹子は直感的に、行き先は銀行だと思った。車でカツノの家に迎えに向かった。

カツノは襦袢姿になっていて、出前で頼んだお寿司を食べていた。

「疲れたから今日はここで寝るよ。あした迎えに来ておくれ」

と言う。床をとり、明日迎えに来ることを約して竹子は帰った。

翌日、竹子が迎えに行くと、カツノは、

「まだ用事が済まないのだよ。明日迎えに来ておくれ」

と言う。手術後の体力は、自分で考えるほど元には戻っていない。以前には何カ所もの銀行も一度に廻れたものが思うようには行かない。カツノには、他の人には任せられない仕事であった。再び翌日に迎えに来ることを約して竹子は帰った。次の日、またもや同じことになった。竹子は、老人の財産のことで、毎日毎日貴重な時間と労力を使って、お守りをしている自分が何だか情けなく腹立たしくなった。竹子は、

「しばらくここにいなさい。田園調布に帰りたくなったら迎えにくるから電話をして

頂戴」

と、電話の前の壁に、マジックペンで大きく竹子の家の電話番号を書いた紙を貼り付けた。

数日後、竹子は様子を見にカツノの家に行ってみた。カツノは留守であったので、帰りを待つことにした。三十分も経ったであろうか、表で人の声がしたので出てみると、カツノが松子と進と共に帰ってきた。竹子の顔を見ると松子は、

「なあんだ、来てたのか」

と言ったかと思うと、そのままさっさと帰ってしまった。

カツノの家の玄関のドアは、オートロックになっていて、外から閉めると自然に施錠されてしまう。その日、カツノは迂闊にも鍵を持たないままドアを閉めてしまった。さあ大変。松川産業に行き、竹子に連絡するように頼んだ。しかし進は、竹子には連絡をせず、松子に連絡した。

この一件をカツノの死後、松子らは、次のような物語にした。

カツノは癌の手術後、竹子の家に無理やり連れて行かれたが、カツノは竹子の虐待

に耐えかねて裸足で逃げ帰り、松川産業へ助けを求めてきた。竹子の家では、プレハブの離れに押し込められていて、孝が行っても会わせてもらえなかった。と。

カツノには、近所に昔からの茶飲み友達が何人かいた。竹子も一、二度鉢合わせになったこともあったが、彼女なりに日々を楽しんでいる様子に安堵するのだった。ある時は、明け方までおしゃべりが続き、心配した家族が様子を見に来たこともあったという。

カツノの週一回の通院は、竹子が車で一旦カツノを家まで迎えに行き、国道246から首都高速四号線を経て本郷へ向かっていたが、帰りは、竹子の時間が許す限り、遠回りなどをして、皇居や、霞ヶ関、大手町、九段、四谷、新宿など、ゆっくりと車を進めて東京見物を行った。丁度、昭和天皇のご容体が心配されている時期でもあって、大手町の桔梗門の周辺にはマスコミの人たちが、大勢たむろしていた（蛇足ながら、カツノの手術の執刀医は昭和天皇の執刀医と同じ方である）。

また時には、竹子の公害等調整委員会の出席ため、総理府の駐車場の車の中でカツノに待ってもらったこともあった。

寒さと共にカツノはだんだん通院を億劫がるようになった。竹子もカツノを一人にしておくことに不安になってきた。再び家に引き取ることも考えたが、相変わらず多忙な竹子は、引き取っても充分な介護ができるか自信がなかった。できれば入院を希望した。カツノは入院を好まなかった。このままできるだけ努力をして頑張る外なかった。担当のY医師は、「四月から浴風会病院へ転勤になるので、田園調布の家からも近いし、それまで頑張りましょう」と言ってくれた。

✻

週一回の通院は、竹子が一人で薬を貰うという形で過ぎていった。松子たちと言えば、相変わらず、顔一つ出そうとはしなかったが、病院には時々行って、カツノの容態を聞き出していた。

「病状は如何でしょうか」松子は、Y医師に尋ねた。当然、松子らもカツノの介護をしているものとばかり思っていたY医師は驚いた。

「こっちのほうがお聞きしたいですね」

カツノは、気丈に振舞っていた。息を弾ませながら布団を二階のベランダに干したり、降ろすときは、階上から布団を落とすのだと言って自分でできることを自慢していた。

「竹子がこうやって、通って来るのは大変だから、また、あんたのところで世話になろうかね」

遂に弱気なことを言うようになった。しかし、竹子は、来る時が近いことを直感していた。入院しかないと思ったが、四月まであと一寸《ちょっと》だ。祈るような毎日だった。カツノの家に通いながらも、相変わらず竹子は多忙を極めていた。カツノの家への道すがら、豆腐などの買い物をし、家に着くと先ずお風呂を沸かして食事を作る。カツノを風呂に入れ、洗濯、掃除。食事をさせ、寝かしつけて、帰路につく。夜中カツノが一人では寂しいだろうと、廊下や玄関の電灯を点けたまま帰るのだが、決まって翌日にはお叱りが飛ぶ。

ほとんど毎日通うようになっていても、竹子とカツノは、ゆっくりと話をしたことはなかった。

今日こそはとカツノは思った。仕事に掛かろうとする竹子に、

「今日は仕事はいいから」とカツノは言った。

「私の遺産のことだけど……」

「この前、家裁でやったでしょ。あとは母様の思うようになさいな。一番可愛い孫にやってもいいし」

カツノの財産に対するシビアさを知っている竹子は、この問題には、できれば関りを持ちたくなかった。延々と結論は実行されないことが判っていたからだ。

「どうしたらよいか、あんたに任せるよ」

「そんな無責任なこと言わないでよ。他の人たちに怨まれちゃうから。私には由水十《ゆうすいと》久《く》の着物を買って頂戴。私はそれでよいから」

次の日「これでいいかねェ」とカツノが差し出した便箋に、

「竹子に全て任せます」

と力いっぱいに書いたのか、食い込むような字があった。年月日も署名捺印もなされていたがカツノらしい曖昧な内容だ。

「もっと具体的に書けないの？」

「どう書けばいいの」

いつもの癖が出た。「例えば……と」、竹子は面倒になった。

数日後、竹子が帰ろうとすると、

「これ、あんた持っていてよ」

カツノは封筒等を緑の書類箱に入れて渡した。


「竹子ォー」と言ったかと思うと、カツノはその場に座り込んで動けなくなった。

竹子は、カツノを引きずって床に寝かしつけたが、これ以後、カツノは床から起き上がることはなかった。竹子は紙おむつを買いに薬局に走った。泊りがけで介護をしてくれる人はいないかと隣の奥さんに相談した。

「探してはみるけど」と約束してくれた。

「つい二、三日前だったかしら、二階でお布団を干しておられるの見たけどね。元気そうだったのに」とも言った。

「いよいよあした入院できるね」

竹子は入院の準備に買い物に出た。昼の食事にとお寿司の折もついでに買った。カツノの家に戻ると、珍しくカツノの弟孝夫妻が来ていた。三人はカツノの周りに座って、明日は、Y医師の診察次第で、浴風会病院に入院できそうだとか、孝の妻が作って持ってきたジュースをカツノに飲ませたりしていた。カツノは、「おいしい」と満足気な声を出した。そして、大きく息を吸い込んだかと思うとそのまま動かなくなった。

竹子の壮絶な介護の日々は終わった。

カツノが竹子に渡した書類箱の封筒の中には、カツノ自身が、「竹子に任せます」と書いた便箋と、竹子が雛形として書いた文書とが一緒に綴じられて入っていた。竹子は、その内容の曖昧さが判っていたので、そのような物はどうでもよかった。もうこうなったからには、法律通り平等に決めるのが最善だと思っていた。しかし松子たちはそうは行かなかった。待っていましたとばかり、よりによりをかけて準備をしてきた計略の実行に取り掛かった。

その大筋は、「竹子のカツノに対する虐待の追及と、カツノの財産の横取り」とするものだった。自分たちはカツノに近づくことができなかった。孝の話として、カツノは竹子の家では、プレハブの粗末な離れに閉じ込められていた。竹子はカツノの財産を勝手に使っていた。入院中のカツノに届いた株式の配当を盗んだ等。

忠之の陳述書には、

「祖母の家に行くと、祖母は寝たまま、か細い声で助けを求めた」

となっていた。松川産業に入れて優遇してやるとの約束が、進との間でなされていた。

松子たちの言い分は、竹子にとっては、まさに青天の霹靂《へきれき》であった。とにかく竹子は毎日が夢中で、余計なことを考えたり、したりする余裕はなかったのだ。


正義がなくなった後、梅子は勇の勤務地の上海から帰国後のしばらくの間、カツノの家に同居したことがあったが、そのとき梅子は正義名義のオープン投資信託をカツノに内緒で流用し、小石川のマンションの入居費に当てたのであった。これもカツノは気付いていて、「梅子は泥棒だよ」と嘆いた。財産に対してシビアなカツノはきちんと梅子の行動を把握していた。

人は、常に自分の尺度で他人を測ろうとする。汚れた曲った物差ししか持たない人は、この感覚で他を測ろうとするから、たまったものではない。清廉潔白な竹子のことなど汚い彼女らには理解できないのだ。

「身内の恥など他人にしゃべるものではないぞ」

梅子の結婚式のときの悲しそうな正義の顔を竹子は思った。肉親の愚痴など誰にも言えない竹子であった。

二人は、裁判をかけてきた。にも拘らず、

「竹子が裁判をかけて来たので、遺産分割ができないで困っている」

と愚痴り廻った。

カツノが生きていたら、と竹子はどんなに思ったことか。

そんな時、竹子はカツノの夢を見た。夢の中のカツノは、優しく実に優雅であった。

セピア色の光の中、細かい小花模様の着物姿で優しく微笑みながら分厚い布団のような包みに斜めに腰掛けていた。

「なーんだ！　こんな所にいたの！　よかった！」

と竹子は叫んだ。カツノは静かにほほえみながら、自分の人差し指を口のところに縦に持っていった。竹子は何故か納得して首をすくめながら両手で左右から白い襖を静かに閉めた。とたんに目が醒めた。がっかりした。が、あまりにも美しく優雅なその光景に、竹子は目覚めたあともしばらく放心状態で動けなかった。

カツノの最後の何年かを、竹子は夢中で世話をした。それは、計算づくのものではなかった。「親」を放っておけないという自分の気持ちからであった。もしもあの時、「娘」としての自覚に目覚めないまま、カツノを疎ましく嫌っていたら、このような素敵な夢を見ることはできなかったであろう。大変だったけれど、世話をさせてもらって本当に良かった。そして、

「あの夢の中の母こそ、真実の私の私だけの母なのだ。私の本当の母は、あの類まれな美しい天女のように高貴な、あの人なのだ。現世の眉間に縦皺を寄せ、『お前なんか間引けばよかった。小便垂れの癖に偉そうなことを言うんじゃないよ』と言ってい

た人は、幻の虚像だったのだ。私の本当の母は、あの素敵な人なのだ！」

母へのラブレター

母上様

あなたが逝かれて早いもので二十年近くが経ちました。私は今、五十年間過ごした田園調布の地を離れ、父上亡き後、あなたが一人で二十年間を過ごした家に住んでいます。

若いころのあなたは、私には、とても苦手な存在でした。いつも眉間に縦皺を寄せて不機嫌でした。一度たりとも美しい優しい人と思ったことはありませんでした。ですから、私は若い時、「あなたと顔がよく似ている」と言われることがとても嫌でした。

昭和の初め、海軍を辞して東京で新事業を起こそうと一足先に上京していた父上の許へ、二歳に満たない姉を連れ、私を大きなお腹の中に抱えて、はるばる九州の田舎から東京に出てきた若い母親の気苦労は、並み大抵のことではなかったのだろうと思います。慣れない厳寒の二月の東京での私の出産、父上の起業、家

の建築、続いて妹が生まれる中、私の存在は大変な重荷だったことでしょう。反抗的だった私は、よくあなたに、

「お前なんか間引けばよかったんだよ」

と応酬されました。二人の姉妹は、それを大変面白がっていました。あなたと二人の姉妹は仲良しでしたネ。「私だけは継子ではないかしら？ 早く遠くへお嫁に行ってしまいたい」と思ったことが度々ありました。その私があなたの最期の面倒を看ることになろうとは！ きっとあなたも同じ思いだったと思います。

それは、あなたが立川の病院に入院中のこと。あなたの留守宅がだんだん整理され、空になっていきました。ベッドも冷蔵庫も、食器類、箪笥や押入れの中などども。そしてその家が売却されつつあることを知ったとき、私の「あなたの娘」としての自覚が目覚めたのでした。「我が生命の根元である親」を永いこと疎ましく思って来たこと、好きになろうとしなかった自分を責めました。

そのころの私は、社会的にも忙しく、正直言って自分のことで精一杯、親の面倒を看ることなど、とんでもないという状態でした。疎遠な私は、あなたが立川

の病院へ入らなければならなくなった経緯など、まったく知りませんでした。

退院後は、私も、姉や妹同様あなたにどこか施設に入ってもらいたいと思っていました。しかし、あなたは、頑として施設入りを拒否しました。他の二人のように私も、

「じゃぁ勝手にしなさい！　私たち今後一切知らないからね！」

と思いました。しかし、身の回りのことすら一人でできなくなっているあなたを、「娘」としてどうして放っておくことができましょう。

何とか時間を遣り繰りして訪ねる私に、あなたは、

「あんたらの世話にならなくてもいいんだよ！」

と吐き捨てるように言いました。

「もう明日から来てなんかやるものか！」

何度も思いました。しかし、黒焦げになったお鍋、グニャグニャに溶《と》けた薬缶、尿や便でびしょびしょな布団、着物！　家にいても外出先でも、心配でなりません。落ち着くことができません。いやみを言われるのを承知で通いました。

買い物、食事の用意、入浴、洗濯、掃除、一通りのことが済んで引き上げるまで話を交わすゆとりはありませんでした。毎日がその連続でした。

あなたの逝かれた後、私は何故か窮地に立たされました。そんな時、あなたの夢を見ました。夢の中のあなたは、優しく実に優雅でした。セピア色の光の中、細かい小花の着物姿で優しく微笑みながら分厚い布団のようなものに斜めに腰掛けていました。

「なーんだ！　こんな所にいたの！　よかった！」と私は叫びました。あなたは静かにほほえみながら自分の人差し指を口のところに縦に持っていきました。私は何故か納得して首をすくめながら両手で左右から白い襖を静かに閉めました。

とたんに目が醒めました。がっかりしました。が、あまりにも美しいその光景を、忘れることができません。

あなたの最後の何年かをお世話させてもらったおかげです。もしもあの時、「娘」としての自覚に目覚めないまま、あなたを疎ましく嫌っていたら、このような素敵な夢を見ることはできなかったでしょう。大変だったけれど、お世話をさせていただいて本当にありがとうございました。

あなたが逝かれて後、田園調布の家の草取りのおばさんを連れて庭掃除に来たときのこと。広縁で一服お茶をしながら、おばさんがしみじみと言いました。

「お母様は、こうやって、このお庭を眺めて過ごしていらしたのですねェ」と。

その後、あなたの手帳の中に、

一人居の吾にやさしき月影かな

の俳句を見つけました。

今私は、その庭を眺めながら父上亡き後、あなたが一人で過ごした二十年を想っています。

年々見事な花を咲き誇っていた区の保護樹木でもある桜の大木は、度々の台風でその大部分が折れてしまいました。今はその一部が細々と葉をつけています。区のみどりの課では、伐採してもよいと言いますが、私は、最後の一枝まで保存しようと思っています。

その跡にはまた、同じような桜の木を植えようと思います。あなたの一生は、あの桜のように艶やかで華麗でした。

早朝のひととき、私はテラスのデッキチェアに腰掛け、新聞に目を通したりしています。このひとときは私にとって至福の時間であります。

お世話はさせてもらったけれど、忙しくてゆっくり話をすることはできませんでしたね。しかし今、大変穏やかな気持ちでその庭を眺めながら、あなたとお話をしています。

あなたと父上が佇んだこの庭を、私はこれからもずっと大切にいたします。

竹子

あとがきに代えて

公民制度の提唱

この小説の背後に流れるものに介護の問題があります。もちろん肉親の義務、愛情として、これに当たることは当然のことですが、誰でもが介護を全うすることは、経済的、時間的、体力的等で難しいことがあります。

また介護全般を業者任せにすることも問題があります。

介護従事者の勤務期間は、その八割が三年未満だと言います。私も四年間、実母の介護をした経験がありますが、若い二十歳前後の体力でなければ、とても続けられるものではないことを痛感いたしました。

そこで、私は、『公民制度』なるものを提唱します。

介護のみならず、農林水産、殊に米作り、植林など、看護、救済、救護、防災、国防、環境、土木等は、若い力に委ねることが最善ではないかと思います。併せて、公民意識と社会的マナー（修身）の育成を、国を挙げて行うという二次的効果がありま す。

『公民制度』なるものを制定することによって、若者の間に蔓延する無気力、いじめ等、ニートやモンスター親の諸問題等も解決されていくこと必定です。

『公民制度』……それは、十八歳、または二十歳になった人が二年間、公務員としてこれらの活動に携わるというものです。その二年間、国または自治体は、これら『公民』の衣・食・住を保障し、公民としての教育をしっかりと行なう。少子化による学校の空き施設を利用し、徴兵制度を行なっている諸外国や、戦前の制度を参考にすれば、そんなに難しい実現ではありますまい。

多額の費用を一括任せる介護事業は、これからも、いろいろな問題が派生することは明らかです。多額な歳出をしているＯＤＡや箱物事業、高速道路事業等もさることながら、国は、このような『公民制度』にこそ税金を使うべきでありましょう。これは、未来への貴重な貯金でもあります。

私は、三十年ほど前から、ことあるごとに、若者の規律と志気の向上のためにと、このような提言・発言を行なってきました。国としてはもちろんですが、各地方自治体単位でもできることではないでしょうか。

ここに『公民制度』の一刻も早い制定を切に願うものであります。

二〇〇八年一月吉日

著者

著者プロフィール

松宮 竹（まつみや たけ）

1933（昭和８）年　東京都に生れる

松竹梅 母へのラブレター

2008年３月15日　初版第１刷発行

著　者　松宮 竹
発行者　瓜谷 綱延
発行所　株式会社文芸社
〒160-0022　東京都新宿区新宿１－10－１
電話　03-5369-3060（編集）
03-5369-2299（販売）

印刷所　株式会社平河工業社

ISBN978-4-286-04561-0